ELIZABETH COLE

Soy más fuerte que la ira

Este libro pertenece a

....

....

Era un hermoso día soleado y con cielo azul para pasear,
así que el pequeño Nick y sus padres el zoo fueron a visitar.
"¡Increíble!", dijo Nick, aplaudiendo emocionado,
al ver a un koala sobre un árbol sentado.

El pequeño Nick dijo: "Mamá, ese es el koala que quiero",
pero su madre le dijo: "No", y negó con esmero.
"Ese koala vive con su mamá y su papá en su hogar.
Si nos lo llevamos a casa, ellos se pondrían a llorar".

"¡Pero lo quiero!", dijo Nick, pataleando y comenzando a gritar.
Estaba enfadado y toda su ira quería sacar.
"¡Ese es el koala que quiero!", dijo a punto de explotar.
Pero, por última vez, "¡NO!" dijo su madre para terminar.

Nick sintió que su corazón fuerte y rápido comenzaba a palpitar.
Su cerebro estaba a punto de explotar.
Se le hizo un nudo en la garganta y sus ojos se humedecieron.
Sintió que su rabia de la cabeza hasta los pies lo encendieron.

De repente, el pequeño Nick escuchó un extraño sonido.
'¡Oye, psst! ¡Por aquí!", dijo una voz que del mono había provenido.
"¿Por qué estás enfadado?", preguntó el mono curioso.
"Porque no puedo tener un koala", dijo Nick furioso.

"Mmm, ya veo...", dijo el mono pensando en una respuesta sabia.
"Debes aprender a controlar tu ira y tu rabia.
Existen varias formas de deshacerse de la ira, soy consciente.
La primera es respirar profundo y soltar el aire lentamente".

El pequeño Nick hizo lo que el mono le aconsejó:
De pies a cabeza su cuerpo infló.
Luego, lentamente exhaló todo el aire que había cogido.
Pero dijo: "¡Todavía me siento un poco triste y enfurecido!".

"Ahora, respira profundo y cuenta hasta diez".
El pequeño Nicky lo hizo una y otra vez.
El mono dijo: "Ahora ya te sientes mejor; lo apuesto".
El pequeño Nick suspiró porque todavía se sentía molesto.

"Es bueno hacer ejercicio, cuando estás enfadado",
dijo el canguro con brillo en sus ojos de modo acertado.
"Puedes hacer abdominales, sentadillas o saltar.
Así es como la ira podrás soltar".

El pequeño Nick comenzó a hacer ejercicios en el zoológico,
"Mi ira se está yendo... ¡Lo que me dijiste parece lógico!"
"¡Shhh!", dijo una voz, "Estoy tratando de calmarme aquí".
Nick vio que se trataba de un loro y comenzó a acercarse allí.

Claramente, el colorido loro estaba furioso.
"¿Por qué estás enfadado?", preguntó Nick curioso.
El loro suspiró profundamente antes de responder:
"Mi hermana está durmiendo en MI cama y no sé qué hacer".

"Existen muchas formas de lidiar con la ira, verás.
Mi forma favorita es contar de un árbol las hojas.
Puedes hacer cualquier cosa que te ayude a calmarte.
Puedes hablar con alguien o escribir una carta disculpándote".

"¿Una carta de disculpas?", con ojos grandes Nicky preguntó.
El loro que parecía muy sabio continuó:
"Puede ser que te hayas equivocado. Necesitas recapacitar,
en lugar de enfadarte, y empezar a llorar y gritar".

El pequeño Nick hizo caso a lo que el loro le aconsejó.
Lo pensó dos veces, porque una sola no le bastó.
"El koala es una criatura salvaje y tiene derecho,
a que lo dejen en paz, ¡como mi mamá lo hubiera hecho!".

El pequeño Nick respiró profundo y contó hasta diez.
Hizo ese ejercicio una y otra vez.
Después de sacar la ira y la preocupación que tenía dentro,
se acercó a su mamá y le dijo: "Lo siento".

La mamá de Nick notó que él ya había dejado de gritar.
Estaba orgullosa de ver que su hijo se había logrado calmar.
Abrazó y besó a su pequeño chico fuerte.
"En lugar de un koala te compraré un juguete".

Expresar tu ira en algunas formas puede llegar a incomodar;
molesta a la gente y los puede hacer enfadar.
No permitas que tu enfado le arruine a alguien su día.
Exprésalo de manera segura, con tu propia vía.

¡Entre aquí para obtener su página para colorear!

ESCANÉAME

Estimado lector,

Gracias por comprar mi libro.
Espero que haya disfrutado de "Soy más fuerte que la ira".
He puesto mucho tiempo y amor en este libro mientras lo escribía.
Es un placer informarle de que este libro forma parte de la serie
"El mundo de las emociones de los niños".

Realmente ustedes son la razón por la que voy a continuar las aventuras de Nick.
Realmente espero que ayude a sus hijos a entender sus sentimientos y emociones,
y a tratarlos de forma divertida y emocionante.
Así que, por favor, díganme qué les ha gustado, qué les ha encantado
e incluso qué es lo que han odiado.

¿Qué tipo de emoción le gustaría ver en mi próximo libro?
Me encantaría saber su opinión. Puede escribirme a elizabethcole.author@gmail.com
o visite: https://www.ecole-author.com
También le agradecería mucho que dejara una reseña de mi libro.

Con amor,
Elizabeth Cole